Dúvidas Segredos e Descobertas

Helena Carolina

Ilustrações de Natália Forcat

Dúvidas, Segredos e Descobertas

Coleção Jabuti Verso livre

1ª edição

Conforme a nova ortografia

Editora Saraiva

Editora Saraiva

Avenida das Nações Unidas, 7221 – Pinheiros
CEP 05425-902 – São Paulo – SP
Tel.: (0xx11) 4003-3061
www.coletivoleitor.com.br
atendimento@aticascipione.com.br

5ª tiragem, 2018.

CL: 810182
CAE: 603315

Gerente editorial: ROGÉRIO GASTALDO
Editora-assistente: KANDY SGARBI SARAIVA
Secretária editorial: ANDRÉIA PEREIRA
Suplemento de trabalho: ROSANE PAMPLONA
Coordenação de revisão: LILIAN SEMENICHIN/ PEDRO CUNHA JR.
Gerência de arte: NAIR DE MEDEIROS BARBOSA
Diagramação: HAMILTON OLIVIERI

Dados Internacionais de Catalogação na Publicação (CIP)
(Câmara Brasileira do Livro, SP, Brasil)

Carolina, Helena
Dúvidas, segredos e descobertas / Helena Carolina ; ilstrações de Natália Forcat. — São Paulo : Saraiva, 2004. — (Coleção Jabuti)

ISBN 978-85-02-04719-8

1. Literatura infantojuvenil 2. Poesias infantis I. Forcat, Natália. II. Título. III. Série.

04-3251 CDD-028.5

Índices para catálogo sistemático:

1. Poesias infantis : Literatura infantojuvenil 028.5
2. Poesias infantis : Literatura juvenil 028.5

Para Anibal e Thereza (*in memoriam*), pela vida que me deram.

Para o amigo poeta Sidnei Belmur Schneider, pelos precisos comentários.

Para o amigo Professor Cícero Marcos Teixeira e sua esposa Léa, *in memoriam*, por terem me dito:

"— Faça destes poemas um livro para as escolas adquirirem".

Para o André — filho símbolo de soluções — , pelo incentivo e paciência e por ter feito, durante muito tempo, a primeira leitura de minha produção literária.

Para Heloisa Helena — filha-presente —, que sempre encontra um tempo para a mãe, pela dedicação e carinho e pela revisão da parte pedagógica. Por estar, hoje, partilhando a vida comigo.

Sumário

Quando

Quando todos se abraçam
porque é Natal,

quando todos brindam
o ano que finda,

quando todos pulam
porque é carnaval,

eu fico triste,
porque tudo e nada
são iguais.

Monólogo

Florzinha, flor!
Está você muito ruim
de pétala seca?

Deixe disso,
ó flor,
olhe ao seu redor:
nem tudo é lixo.

Janela do porto

Da minha janela
vejo a cidade
cada vez mais bela
e o morro estrelado
mais habitado.

Da minha janela
as avenidas
levam a tarde
que vai se indo
e tua sombra me seguindo...

Invocação

Mamãe,
vestida de trapos,
cozia o caos na panela.

Uma noite
abriu as asas,
equilibrou-se no vapor
e sumiu pela janela.

Falência

Dizem que te achei
e me encontrei.

Oh! audácia.
Me deliciei!

Se me entrego?
Falácia.

Estranhos

Somos estranhos
do outro e de nós.

Estranhos e sós
e temos medos
o desamor, porém,
não os tem.

Ele gera violência
na rua
na minha casa
na tua
no olhar
no tom de voz
dentro de nós.

Estranhos e sós
temos medos.
O desamor não os tem?

Ele

O tempo veio.
Nem bonito nem feio
fez nascer e crescer amores
e tudo o mais
que estava previsto.

Assim como veio
nem bonito nem feio
foi andando
e consigo te levou.

Eu?
Como quem não quer nada
à janela
aguardo a senha
de Caronte.

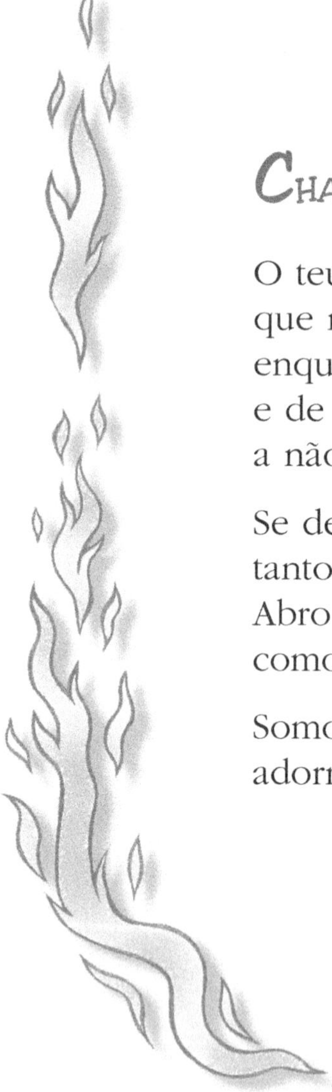

Chama

O teu canto é a chama
que me aquece
enquanto sonho
e de mais nada me lembro
a não ser de que te amo.

Se de dia ou à noite,
tanto faz, não me importa.
Abro a porta, você vem
como em tempos idos.

Somos lava de vulcão
adormecido.

Brisando

O vento é brisa
e não avisa
o tempo de fazer amor,
mas venta
aos quatro ventos
quando você chega.

Borboleta

Ninho
em folha amassada.

Carinho no tronco,
talho.

Cicatriz de Eva
nua.

Atriz menina
senhora da rua.

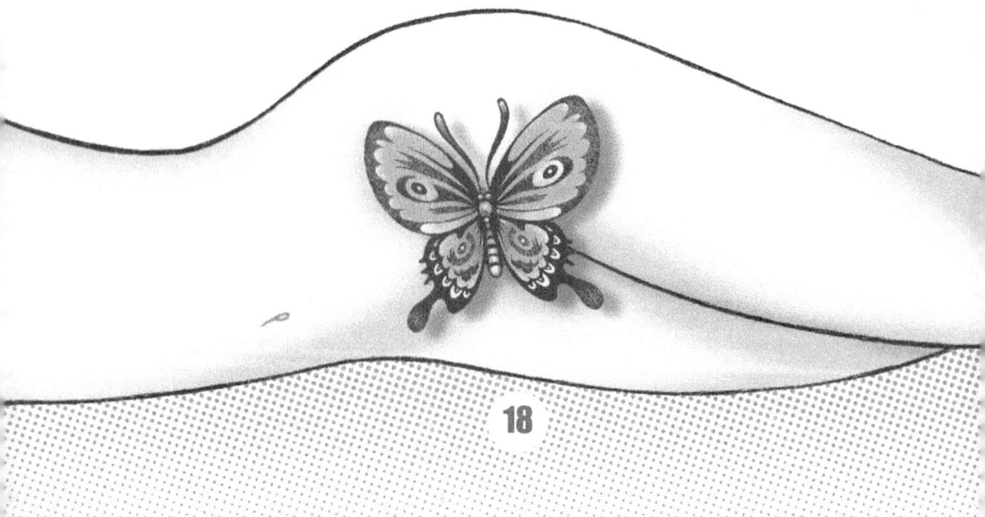

A CASA

Esta é a casa
da minha rua
bem-vindo seja
a casa é tua.

O pé descalço,
o corpo nu,
o quarto vértice: o silêncio
e as forças de Hércules.

No princípio é o exercício,
o passado é resgatado,
no presente alma contente.

Esta é a casa
da minha rua
bem-vindo seja
a casa é tua.

Duas faces

Capitão de rua
capitão de areia
o fato aparece
ou você o desencadeia?

Em frente à loja
ante o gerente
aciona o gatilho
e rouba as gentes.

Capitão de rua
é homem bom?
A polícia aparece
trancafia o capitão.

Delegado questiona,
como foi, não foi,
deixa pra lá.
Meio a meio nem pensar!

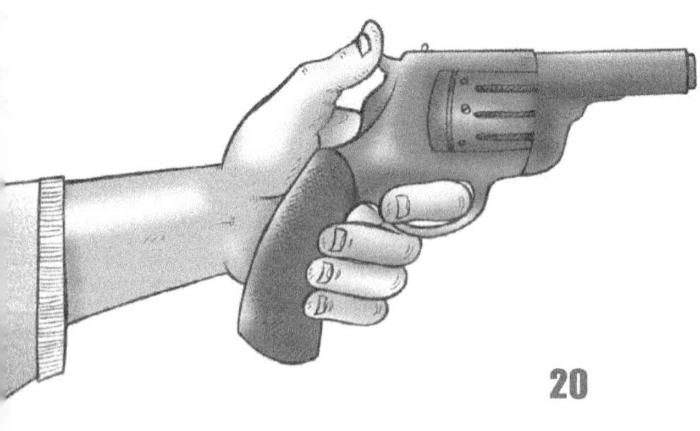

— É muito pouco
tá pensando o quê?!
Pega um Classe A,
bicho, vai trabalhá!

É lá no banco
defronte o caixa
armas em punho
cabeças baixas.

Apitos, sirenes,
os assaltantes?
Ninguém sabe,
ninguém viu.

Onde os inocentes?

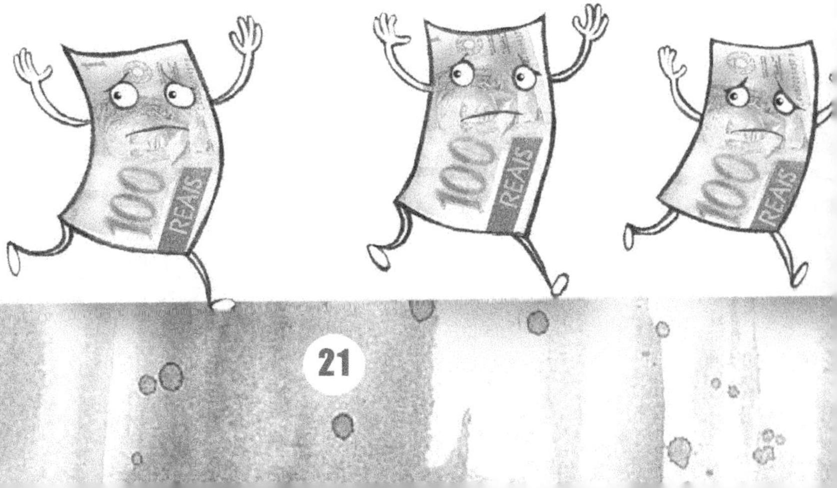

Madrugada

Meu canto é
o grito,
o eco,
o cheiro,
e o desejo engolido.

Meu canto é
o gemido
nas águas
de nossos corpos suados.

Meu canto é
chuva
na pálpebra cansada.

Meu grito é
canto,
reza,
oferenda,
zoom.

É vinho
na videira
maturada
em cada
um.

Carapinha

Na cabeça de Luana
carapinha é mola.
Na escola é a tal
se o tema é carnaval.

Olho na cola,
borracha no chão
é a mão de Luana
na mão de João.

Teimosa cabeça
de Luana feliz
é porta-estandarte
da Imperatriz.

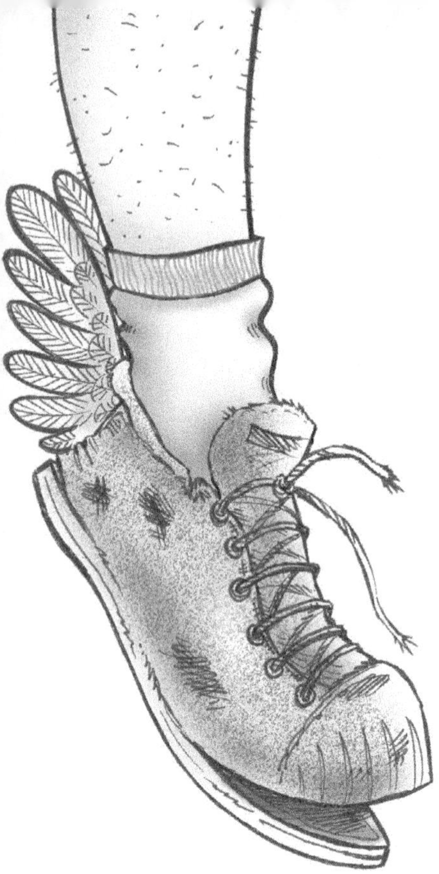

Troca-troca

Pé de Vento foi à loja
resolver um caso sério:
comprar um sapato novo
deixar lá o que era velho.

Pé de Vento pediu tênis
de marca brasileira,
responderam que o Brasil
é colônia estrangeira.

Pé de Vento foi pra casa
e lá deu-se conta:
com o seu pé de vento
e o talento da Ventania
venceria
o concurso de assobio
contra o Vento Frio.

O juiz avisou no alto-falante:
— a troca do tênis com o parceiro
é a regra do jogo, pessoal faceiro,
quanto mais rápido, mais chance.

Pé de Vento ligeirinho
segredou ao Vento Polar,
que, espertinho,
escolheu a Ventania para ser seu par
passando o amigo para trás.

Pé de Vento chateado
um recado à Ventania assoprou.
Ela entendeu,
e o Vento Polar
na pista sozinho ficou.

Ventania e Pé de Vento
assobiaram solo
com revezamento.

Ganharam o concurso,
um abraço de urso
e um par de tênis novo.

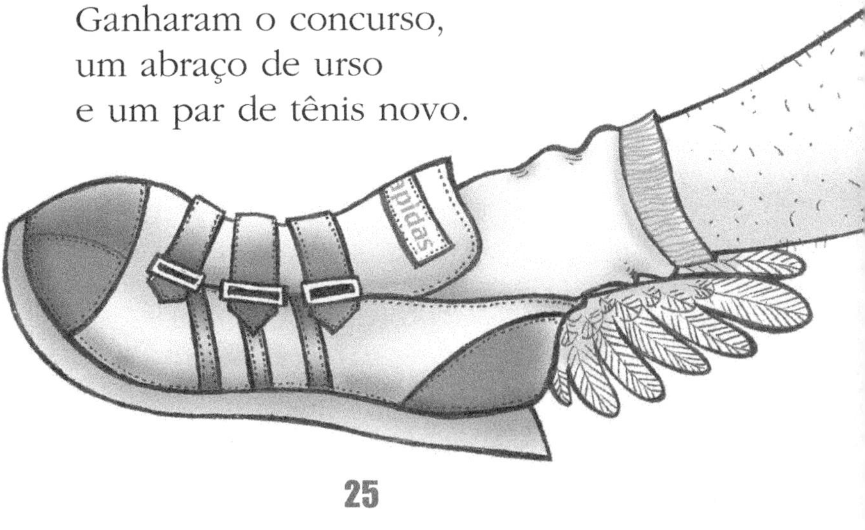

Adivinhação

Troca-troca meu benzinho
um olhar com seu vizinho.

Ele tem olhos azuis,
o seu pelo é branquinho,
mexe a orelha se tem fome
e o rabo quando come.

Faz xixi lá na caminha
da boneca de Laurinha,
sai correndo o safadinho
late, late ao seu vizinho.

Oi, Lúcia, quem é ele?
Cachorro, gato ou rato
ou seu urso de pelúcia?

Igualdade

Se fosse verdade
que na cidade
só há riso e alegria,
a vida seria
chata e vulgar
em outro lugar.

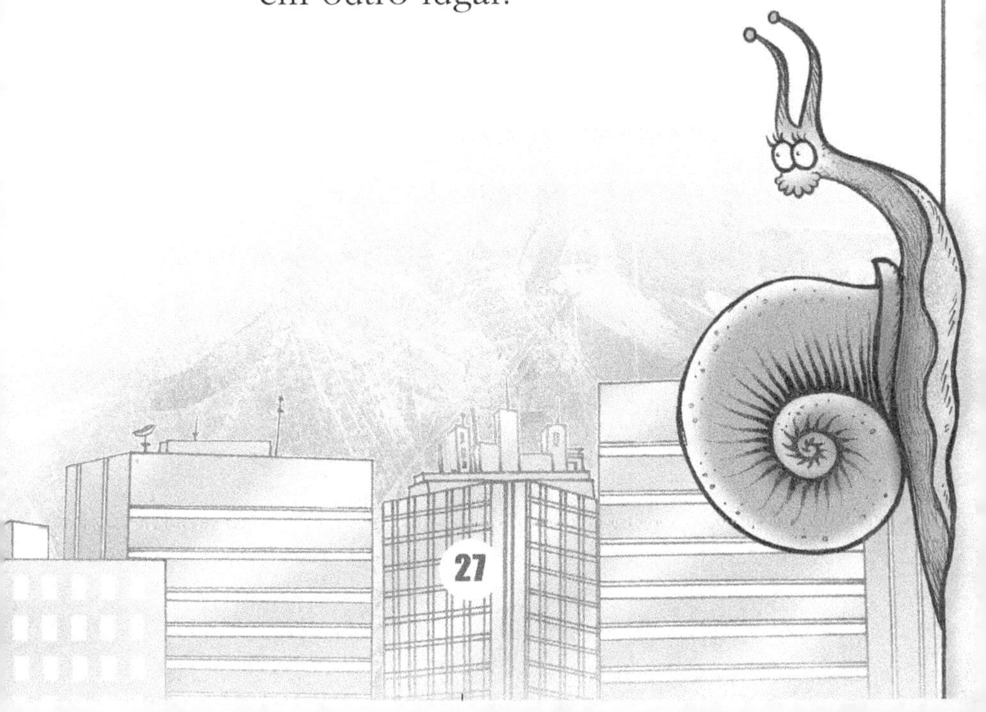

LUFA-LUFA

As formigas correm, correm
com açúcar nas patinhas,
para o teto, lá vão elas,
esconder seu doce afeto
e contar às amiguinhas
as novidades do humor:
as aventuras da Mônica
na tela do computador.

Bié

Menina de rua,
coberta de lua
quase feliz
dorme na praça.

Quando mergulha
a água borbulha
no chafariz
em forma de taça.

Sacia a fome
na fonte
chamada desejo:

de afeto,
alimento
e um teto.

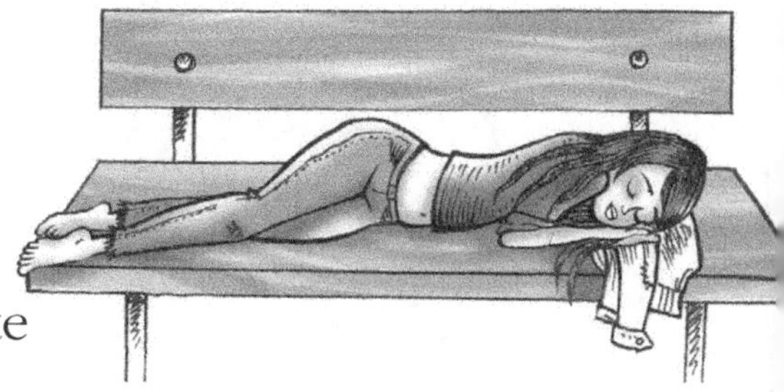

Se você souber
o endereço
escreva para Bié,
menina de fé,
que só quer ser gente

como a gente é.

Carrossel

Um pátio enorme
minha escola tem.

Num canto,
um coelho
cenoura come,
depois dorme.
Um olho fechado,
o outro aberto,
o esperto.

Mais à frente,
a praça
um presente
quase deserto
quando ausentes
os coloridos aventais
das meninas.

Ali perto,
escorregador, balanço,
pneu pintado,
sementes de pitangas
no cabelo encaracolado
aguardam
o recreio.

Depois, lápis de cera,
papel pardo e
rabiscos da família,
um corre-corre a vida inteira.

Ufa, mundo legal!

Vocês concordam comigo?
Minha escola é
muito mais divertida
que a minha casa.

Manhêê, ô manhê!
Me deixa em casa hoje?
Posso mesmo?
Smack!

DEUS MENINO

Em Belém,
oh Jesus,
nasceste
em noite fria,
aqui suarenta.

Protege os meninos,
as meninas,
e também as mulheres
que de amor não são isentas.

Em terra de camelos
te chamam Yoshua,
em terra de elefante
te chamam Ganesha.
O nome não importa
mas o amor que tu nos deixa.

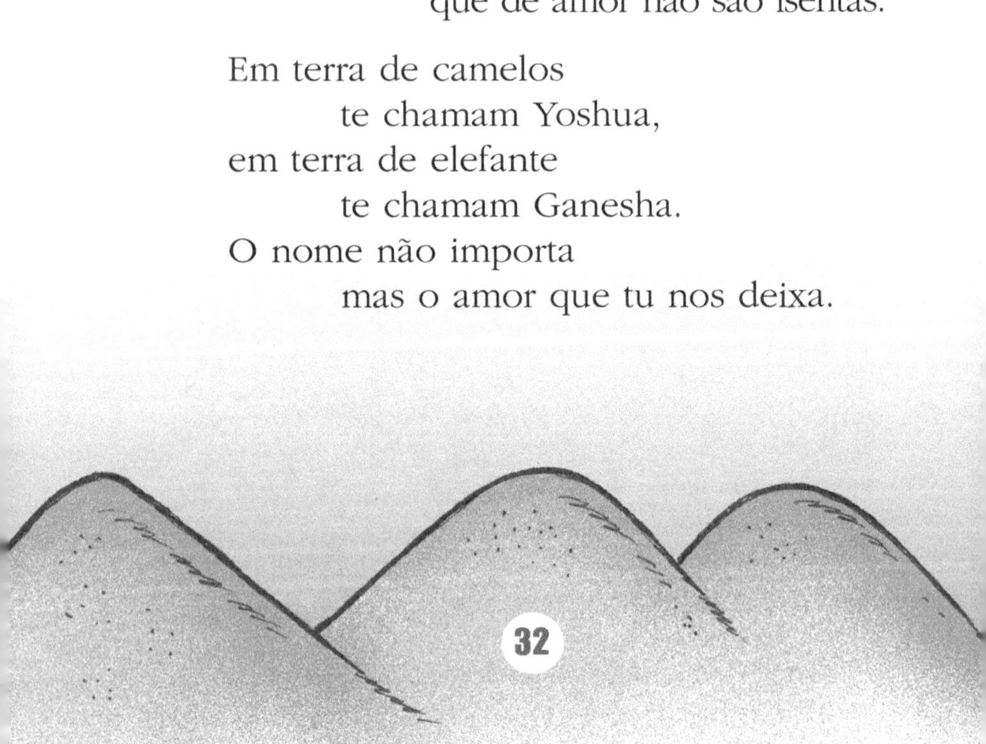

Ampara os que te louvam:
em dia de sol,
em dia de chuva
ou no dia em que o pé vira gelo.

Perdoa a ignorância que não te ouve.

Alimenta, todo o ano,
os humanos,
que, insanos,
buscam o maná
e o confundem com o ouro
mas persistem no teu plano.

Abençoa-nos
Jesus Divino
porque todo dia
é teu dia
Natal-Menino.

Distraída

Pelos canteiros
flores e cheiros
de bem-me-quer.

A cor
do amor-perfeito
tem no parapeito
o sabor da conivência.

Que aroma tem o amor
que se leva no peito
entre canteiros
flores e cheiros?

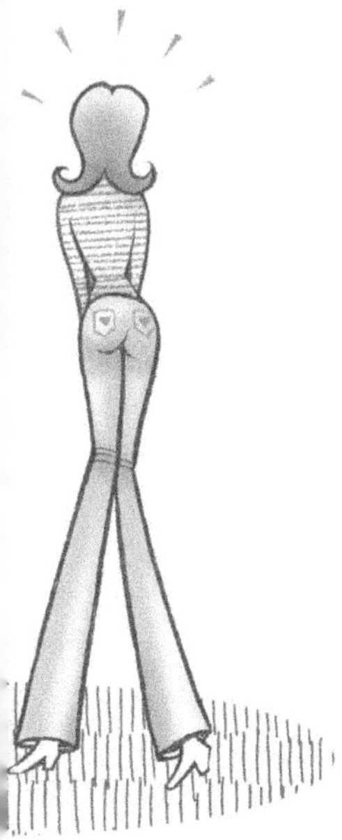

Drible

Nando
todo dia
passa pela praça.

Hoje,
não veio.
Ainda.

Nando, ô Nando,
caso escureça
vou andando.

Na esquina, grito:
“Nando, Nando!
o dia tá passando
me dá uma chance, vai?”

Vai não.
Vem.

Nandô-ô-ô!

Final de outono

As asas dos passarinhos
movem
as pás do moinho.

Recanto japonês,
cachorro pequinês,
azaleias em flor.

No cinema
Almodóvar,
o beijo suga
a pá do desejo.

As asas dos passarinhos
movem
as pás do moinho

e os silêncios ao sol
ouvem os gritos
do que não é dito.

VIOLAÇÃO

Na caminhada que faço
todo dia, passo a passo,
janelas e portas gradeadas
guardam casas fechadas.

Aos moradores
dos edifícios
jardim suspenso
é precipício.

Nas ruas e bares,
no centro dos lares,
a violência percorre
o espaço que morre.

Leilão

À tarde
vou à escola,
mamãe me consola
na volta!

À noite
faço o tema
Baskara, teorema.
O sono.

No quarto,
recorto o diabo
em quatro
e sonho acordada.

No dia seguinte
junto os pedaços:
um, dois, três.
O quarto?

Escrevo na agenda:

"meu amor é leiloado
dou-lhe uma,
dou-lhe duas,
quem dá mais
por um amado?"

Que feeiio!
Qual o quê?

Faço o que
me dá na telha:
sou jovem,
responsável
e o ensino médio
é uma chatice
igual à amiga Alice
que em mim se espelha.

Quanta coisa se tem de estudar
para nunca na vida aplicar.

Será?

AINDA BEM

Final de semestre,
acerto de contas,
drible no mestre.

Guardo na estante
o ano que finda,
na casa da Dinda.

Vestibular
ano passado,
reprovado.

Natal é assim:
amigo secreto,
saudade sem fim,

Ano Novo,
vida nova,
velho chavão.

As caras são as mesmas
de todos os verões.
Menos uma,
mexe comigo.

Em férias, amigo,
doida garoa
a gaivota mergulha
e o peixe voa.

Ufa! Nada igual
às minhas férias.
Concretas ou virtuais?

Carreta

Carroça não ringe
a roda é pneu
menino que finge
ser amigo meu

desce a ladeira
trepa no muro
que nem trepadeira.

Menino taludo
procura serviço
passa trabalho
remexe no lixo.

Menino que finge
na esquina da vida
carroça não ringe
sem idas e vindas.

Natal

Os carneirinhos
por sobre as nuvens
são amuletos:
dos meninos pretos
amarelos e brancos
que em seus tamancos
sonham presentes.

Amém

Sobrado

Da grande janela de vidro
Isaura lava a persiana
que sobe e desce.

Da cortina,
os babados
que o sol amarelece.

A colcha de cetim
e dois lugares
na cama!

O trilho da mesa
presente
dos teares de Thereza

Isaura, hoje,
não lava mais a janela
que foi dela.

Porque a conta
não teve fim.

A casa
– dois andares –
é do Serafim.

GANGORRA

O sonho de Enita
é uma gangorra.
Sobe de um lado,
o outro ao chão
fica atrelado.

Carlinho senta
e do seu jeito
empurra o sonho
para outro ninho.

Enita grita:
"quero a volta
e não te quero
à minha volta".

A gangorra e o sonho
sobem e descem
unidos ao vento
se fortalecem.

Quem gosta de mim?

Uma gota
de bem me quer

uma colher
de chá de jasmim

uma xícara
de paciência

para quem
gosta de mim.

Ilusão

Parece pintura
aquela mistura
de boca faminta
e sonho guardado.

Aquela figura
parece pintura,
nas mãos do dragão,
é pura ilusão.
(da mistura)

É o dragão
na figura
pintado.

Figura real
ou mistura letal?

É alguém
da tinta
precisado.

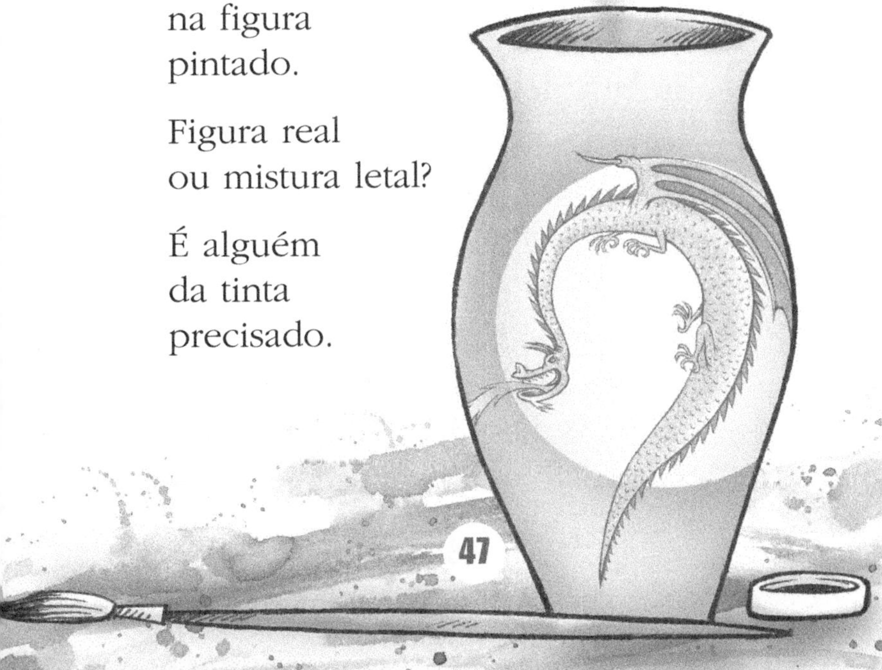

VOLTA PARA MIM

Perdi
meu estojo de brim.

Caneta azul
preta e vermelha,
escrevia teu nome
no caderno de orelha.

Perdi meu estojo,
completo, de brim.

O recado enviado
a lápis para mim:

"Te quero,
te espero
depois da aula.
Paula".

Estará repleto de beijos,
o estojo completo, de brim,
e será que depois da aula
a Paula volta para mim?

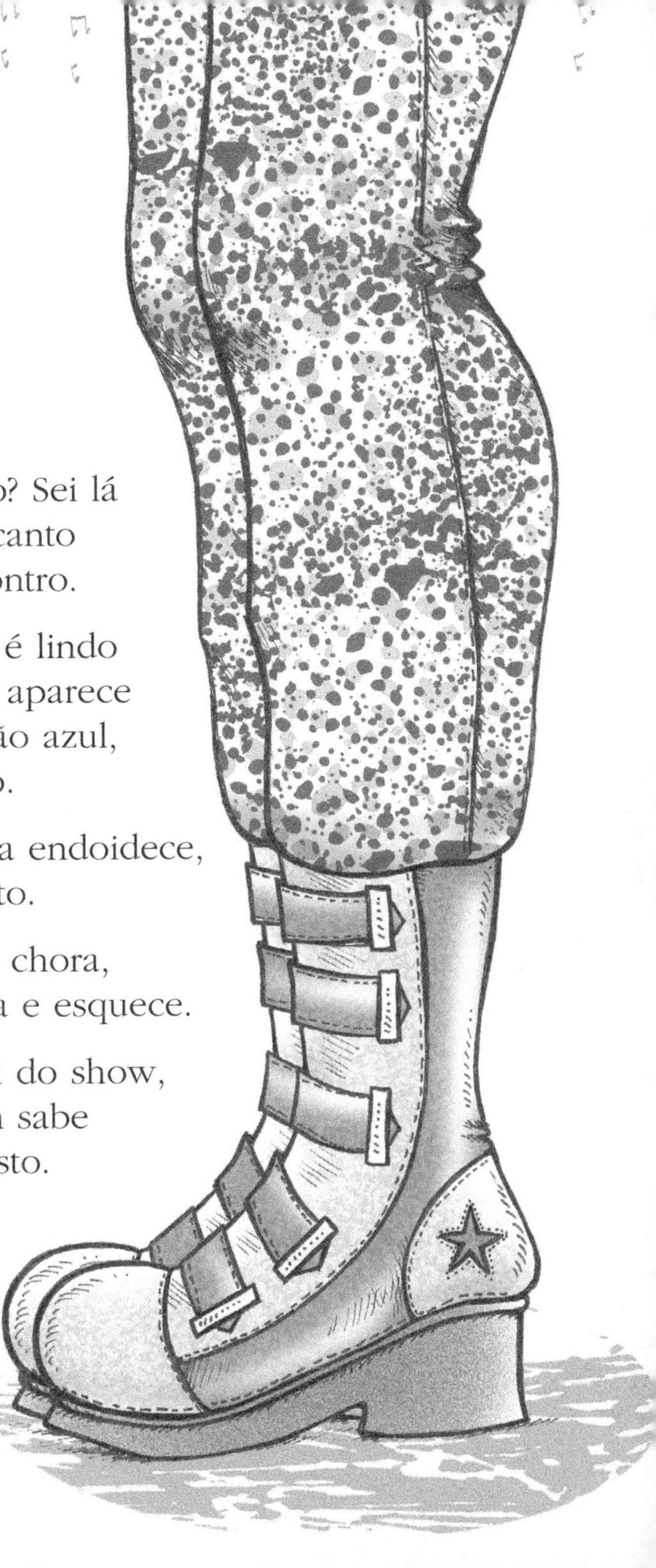

Tiete

O ponto? Sei lá
se é encanto
ou encontro.

Sei que é lindo
quando aparece
de blusão azul,
sorrindo.

A plateia endoidece,
eu insisto.

A gente chora,
escabela e esquece.

No final do show,
ele nem sabe
que existo.

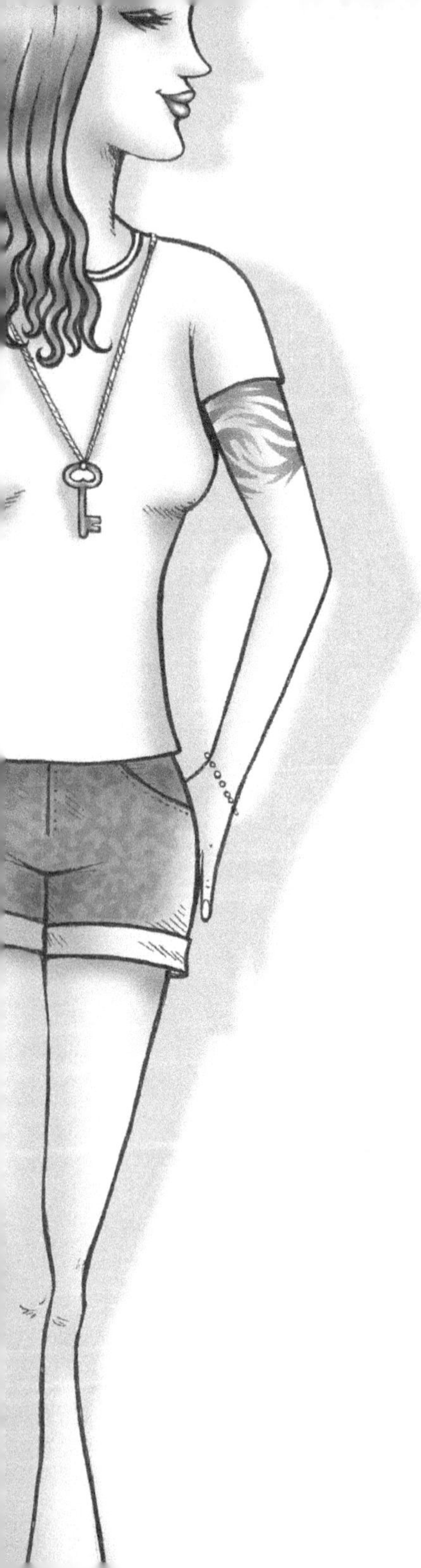

VOLUNTÁRIA

Chave na porta
fechadura torta

empresta afeto,
joga moedas ao teto.

Sem culpas
descobre-se nobre,

censura aberta
fecha o contrato.

Maria,
a voluntária do dia,
empresta afeto
e espera o teto,
à porta
da fechadura torta.

Ah, ah!

Água,
segredo da brisa,
é a história da menina-rio,
estrela de renda,
que um dia,
na fonte dos sonhos
viveu.

Ah, ah! riu a menina
do segredo que ouviu
do peixe, da cobra
e da manobra do vento
que o vestido
subiu.

Aah, aaah, aaaah
fez a menina,
estrela de renda,
na fonte dos encantos
quando lhe rasgaram a renda.

Aaaaaaaaaaaaaaah.

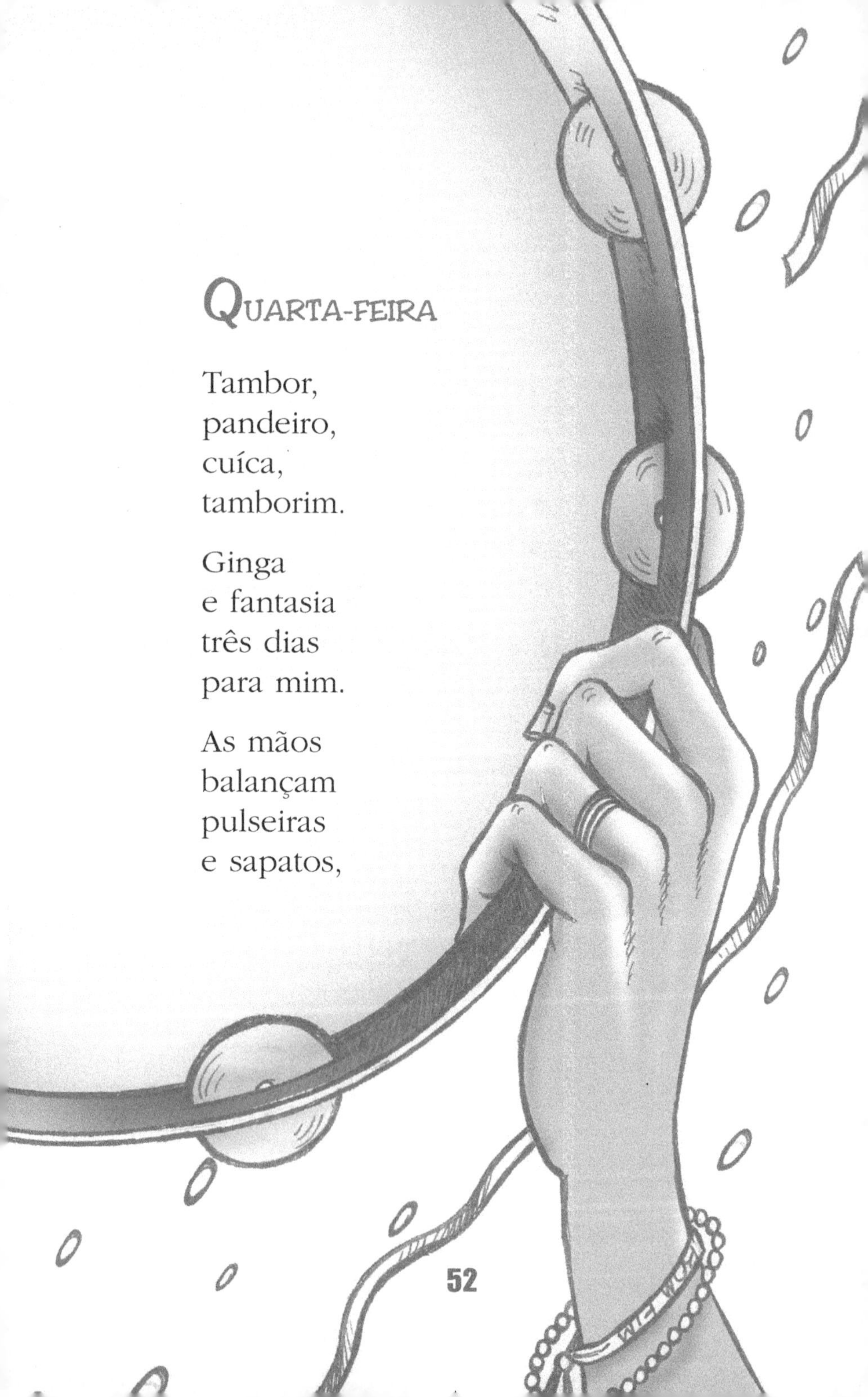

Quarta-feira

Tambor,
pandeiro,
cuíca,
tamborim.

Ginga
e fantasia
três dias
para mim.

As mãos
balançam
pulseiras
e sapatos,

que os pés
cansados
só conhecem
atados.

No quadril
a alegria
do branco
e do anil.

Na cabeça
colorida
o penacho
em margarida.

No asfalto
meio-dia,
quarta-feira
e cinzas.

Descoberta

Lua nua
cheia de teias.
Lua cheia
de aranhas nuas.

Lua dos namorados
difama a fama
do hímen quebrado.

Agora
há um culpado.
Armstrong enluarado.

Canção de ninar

som de pá
de moinho

alva
como alma
de menino

bálsamo
corrente
no destino

canção
útero
de vinho.

Fértil

Os cães luadram
a noite morna
que se aproxima,
enquanto a roda
da carroça chia,
cheia de milho.

Sementes no uivo
plantadas ao vento
germinam saudade
do bonde que a trazia
carregada de sorrisos.

Um feixe (de quê?)
em cada braço
abraça o laço
que sobrou da violência
expressa na fronte.

PSIQUÊ I

A criança tem medos
às vezes, diz ai.

O adulto não fala,
mas tem outros
muitos mais.

Na gente pequena
o medo é voragem.

Em papai e mamãe,
viagem.

Se amarram o monstro
o medo vira coragem.

Guarda

Meu tapete
é a grama
que também
é minha cama.

Bico d'água é a pia
onde afundo
e lavo a cara
todo dia.

No breu da praça
estendo a roupa
no frio que assa.

No dia seguinte
guardo a noite
e o trem que passa
levando o filho
no mesmo trilho.

A testemunha

é o vazio do meu silêncio.

A testemunha é o vazio do meu silêncio.

Tema de aula

Redação?
Não gosto, não,
quando a "profe"
dá o refrão.

Da gramática
o desperdício
é a repetição.

O estilo
me dá grilo,
cada um faz o que quer
até a "sora" dá colher.

Passo horas
lendo revista
de trás pra diante
até o anunciante.

Então, faço a lição.

No alto da folha
escrevo:
REDAÇÃO.

SEMANÁRIO

Segunda-feira a arrumadeira
troca a roupa do dia:
as brancas no balde,
as outras na pia.

Terça-feira a passadeira,
de colarinho engomadinho,
chega atrasada.

Quarta-feira a lavadeira
estende no varal
as roupas de *voil*.

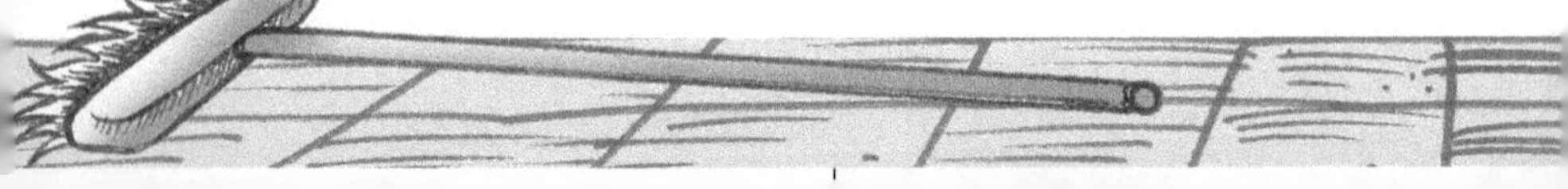

Quinta-feira a faxineira
quer mais dinheiro,
mas não limpa o carpete
nem o banheiro.

Sexta-feira a cozinheira
sente-se mal.
É a fantasia do carnaval.

Sábado é dia de folga,
a família almoça
na casa da tia Olga.

Domingo:
arrumar a casa é doideira,
todos reclamam a vida inteira.

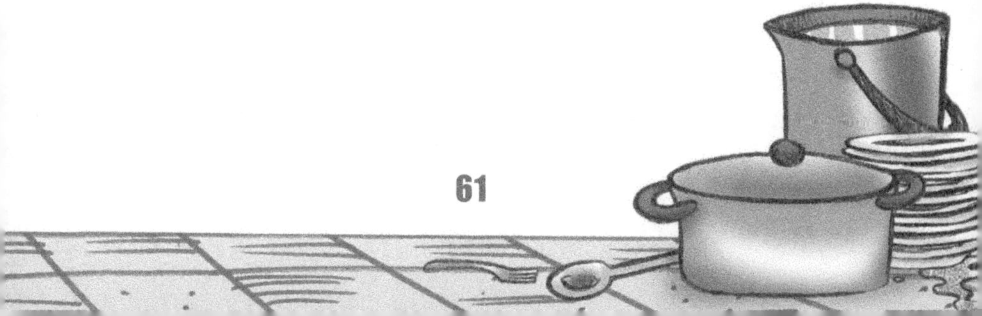

Inocência

O lábio
tem gosto de Araçá,
a língua
navega o barco
sem pressa de ancorar.

Mil-folhas
na prata,
morangos
em nata,
beringela ao seio.

Na hora H
o suor porejado
de surpresa
no chapéu.

O medo?
Escondo
no caos
da gaveta.

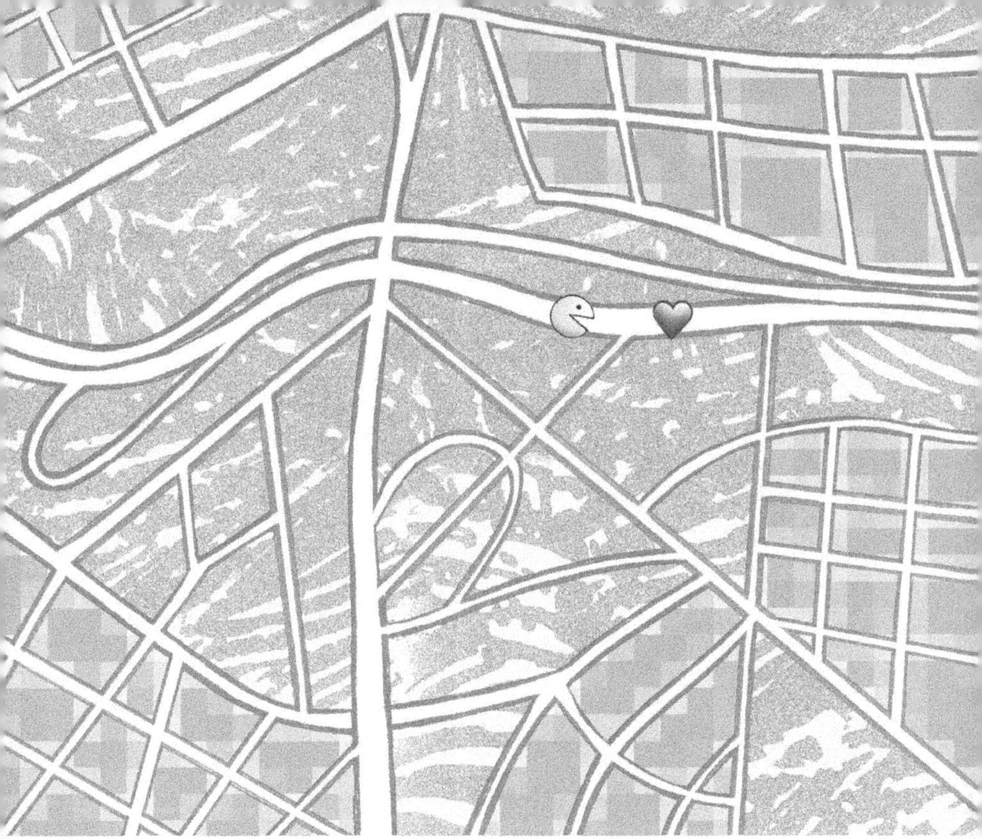

Ruas

Ruas certas
nas horas desertas,
são as ruas
por onde
ele passa,
nas horas
em que
me abraça.

EM BRANCO

Nota em vermelho
mesada cortada,
me olho no espelho
me sinto culpada.

Papai me vê, droga!
Aí vem chateação
e um trem de explicação.

Sabe, Papai,
não foi por querer
nem houve intenção,
nas manhãs frias
e tardes abafadas
às aulas, não ia.

Olhava o desfile no bar:
bumbuns de guris e gurias,
nas marcas de jeans que vestiam.

— Que se há de fazer?
Perguntei a papai,
se no boletim
não deram notas
para mim?

Sol rajado

O pingo da chuva
teceu o arco-íris.

Na gota do orvalho
o sol
na corola amarela
pela fresta da janela
se pôs
— e a menina saiu.

Na ponta
da ponte
aponta o horizonte.

Ao lado,
menino calado
aguarda
quem não vê
desde ontem.

Quando perto,
bem perto se guardam.

LINA

Lina
se ilumina
quando o ônibus
aponta na esquina.

As horas
são pequenas
para os grandes sonhos
da menina.

Coração aos pulos
Lina se ilumina
quando ele
cruza a esquina
e lhe atira um beijo.

Possível?

Se fossem encantos
o pranto e a raiva,
as pérolas do manto
seriam um sonho:

a infância
amiga
da criança
mendiga.

Ah, se fossem encantos
os cantos amigos,
não haveria
o desencanto.

Pescador de quê?

Na rede que vinha
muita sardinha,
um cabo de vassoura
da bruxa voadora.

Na rede lançada
ainda animada
a pá do moinho
espalha na praia
perfume de vinho
em que o pescador
embebe sua dor.

Depois do arrastão
onde estarão
a saudade e a dor
da mulher, pescador?

A gaivota na areia
imita a sereia
no mistério do amor.

Aprendi a ler e a escrever no ano em que completei oito anos de idade. Tarde? É, poderia ter sido mais cedo, mas na minha infância, naquela comunidade agrícola, não havia creche, jardim de infância ou pré-primário. Eram as avós — quem as tinha — e/ou as irmãs mais velhas que se incumbiam da tarefa de cuidar dos menores.

Assim que aprendi a ler e a escrever, também aprendi a dividir com a escrita as minhas apreensões. Secretamente as escrevia e, uma vez no papel, qualquer obstáculo era considerado ultrapassável, não unicamente meu, mas de mais alguém — o papel — que não me traía, não comentava, não opinava, mas aceitava pacificamente a minha dúvida, a minha angústia, a minha dor, portanto me aceitava do jeito que eu era capaz de ser. Brincalhona ou preocupada, alegre ou taciturna, verdadeira e franca sempre, às vezes até demais, me rendendo momentos de tensão desnecessários em raras ocasiões.

Desde então, passei a escrever quando sentia necessidade de desabafar, hábito que mantenho. No outro dia releio; caso não me agrade, rasgo e jogo no lixo, e a terapia vai acontecendo. É uma boa técnica de elaborar o que incomoda.

E os outros escritos que passei a denominar de poemas, ah, esses, no caminho de casa para a escola, mais tarde, de casa para o serviço, de carro, de ônibus ou a pé, na praça, na escola, na rua ou ao computador, são o produto das diversas parcerias nas mais diferentes ocasiões. São instantes de epifania que me acontecem ao olhar o mundo e cada vez mais percebê-lo com a alma em paz. Será? São relâmpagos de inspiração no decorrer do monótono dia a dia. São o resultado da paciência de uma aranha tecendo a teia e da persistência do lírio em permanecer branco apesar de nascer no charco.

Razão para que a produção literária deste livro seja o resultado de muita leitura; histórias infantis, novelas infantojuvenis, crônicas, contos e romances em prosa e em verso, "porque é lendo que se aprende a escrever", já dizia o poeta Mario Quintana há muito tempo. Para finalizar, afirmo:

São versos
que falam
da vida
e seu reverso.

Poemas
do fim do mundo,
e de cada um,
das perdas e danos,
do renascimento
e dos desenganos.

Da lei do amor
e seus desatinos
dos sonhos
e seus destinos.

Coleção Jabuti Verso Livre

Editora Saraiva

Dúvidas * Segredos e * Descobertas

HELENA CAROLINA

Apreciando a Leitura

Bate-papo inicial

Poesia leve e descontraída, mas ao mesmo tempo antenada com o mundo que gira a nossa volta, pois os olhos do poeta enxergam em todas as coisas o lirismo e a beleza, mesmo que estejam encobertos, escondidos pela pressa do dia a dia e ofuscados pelas tristezas e desigualdades da vida moderna.

Quem tem o coração apaixonado e a alma poeta por sorte faz as dúvidas, segredos e descobertas do mundo caberem em versos, transformando a vida em poesia.

Analisando o texto

1. Releia o poema da página 27, *Igualdade*. Como você interpreta a opinião que o poema expressa? Você concorda com essa opinião? Por quê?

R.: ____

____

2. No poema *Tiete* (página 49), o eu lírico chora e se descabela por causa de seu ídolo, que nem sabe que essa tiete existe. Você tem algum ídolo? Quem é? Que loucura você faria para que seu ídolo notasse a sua presença?

R.: ____

3. O poema *Psiquê I* (página 57) aborda os medos das pessoas como tema. Releia-o com atenção. Você concorda com as opiniões do texto? Por quê? Quais são seus maiores medos? Qual seria a melhor maneira de superá-los?

R.: ____

Linguagem

4.

Quando todos se abraçam
porque é Natal,

quando todos brindam
o ano que finda,

quando todos pulam
porque é carnaval,

eu fico triste,
porque tudo e nada
são iguais.

Neste poema de Helena Carolina, chamado *Quando*, assim como em outros do livro, a autora lança mão de um recurso de linguagem chamado anáfora. Essa figura de construção de linguagem caracteriza-se pela repetição de uma palavra ou ideia em espaços regulares no início do texto. Procure em seu livro poemas que utilizem anáforas, identifique-os e destaque-as.

R.: ____

Sobre a ilustradora

Natália Forcat nasceu na Argentina, onde publicou quadrinhos nas revistas *Fierro* e *El Tajo*. Está no Brasil há mais de 12 anos, tendo feito ilustrações para a *Playboy*, *Pense Leve*, *Show Bizz*, *IstoÉ Minas* e *Carícia*, revista na qual desenhou, por quatro anos, uma personagem adolescente, a Tininha Hortelã. Em seu vasto currículo, Natália também reúne trabalhos para a *Revista da Folha*, em que ilustrava textos de Iara Rocca, e para a revista *Caros Amigos*, onde ilustrava os textos de Plinio Marcos. Paralelamente a tantos trabalhos, também figura como ilustradora em livros infantis e infantojuvenis de várias editoras. Obteve o primeiro lugar na categoria tiras de jornal no Concurso Nacional de Quadrinhos (HQ Brasil), trabalhou na criação de capas de cds para a Paradoxx Music e na *Gazeta Mercantil*, fazendo ilustrações diárias.

COLEÇÃO JABUTI

Adeus, escola ▼◆▤☒
Amazônia
Anjos do mar
Aprendendo a viver ◆⌘■
Aqui dentro há um longe imenso
Artista na ponte num dia de chuva e neblina, O ✻★⌖
Aventura na França
Awankana ✎☆⌖
Baleias não dizem adeus ✻🕮⌖○
Bilhetinhos ✪
Blog da Marina, O ⌖✎
Boa de garfo e outros contos ◆✎⌘⌖
Bonequeiro de sucata, O
Borboletas na chuva
Botão grená, O ▼✎
Braçoabraço ▼⚐
Caderno de segredos ❑◎✎🕮⌖○
Carrego no peito
Carta do pirata francês, A ✎
Casa de Hans Kunst, A
Cavaleiro das palavras, O ★
Cérbero, o navio do inferno 🕮☑⌖
Charadas para qualquer Sherlock
Chico, Edu e o nono ano
Clube dos Leitores de Histórias Tristes ✎
Com o coração do outro lado do mundo ■
Conquista da vida, A
Da matéria dos sonhos 🕮☑⌖
De Paris, com amor ❑◎★🕮⌘☒⌖
De sonhar também se vive...
Debaixo da ingazeira da praça
Desafio nas missões
Desafios do rebelde, Os
Desprezados F. C.
Deusa da minha rua, A 🕮⌖○
Devezenquandário de Leila Rosa Canguçu ✈
Dúvidas, segredos e descobertas
É tudo mentira
Enigma dos chimpanzés, O
Enquanto meu amor não vem ●✎⌖
Escandaloso teatro das virtudes, O ✈☺
Espelho maldito ▼✎⌘
Estava nascendo o dia em que conheceriam o mar
Estranho doutor Pimenta, O
Face oculta, A
Fantasmas ⌖
Fantasmas da rua do Canto, Os ✎
Firme como boia ▼⌖○
Florestania ✎
Furo de reportagem ❑✪◎🕮⚐⌖
Futuro feito à mão
Goleiro Leleta, O ▲
Guerra das sabidas contra os atletas vagais, A ✎
Hipergame ✍🕮⌖
História de Lalo, A ⌘
Histórias do mundo que se foi ▲✎✪
Homem que não teimava, O ◎❑✪⚐○
Ilhados
Ingênuo? Nem tanto...
Jeitão da turma, O ✎○
Lelé da Cuca, detetive especial ☑✪
Leo na corda bamba
Lia e o sétimo ano ✎■
Luana Carranca
Machado e Juca †▼●☞☑⌖
Mágica para cegos
Mariana e o lobo Mall 🕮⌖
Márika e o oitavo ano ■
Marília, mar e ilha ▤✍✎
Matéria de delicadeza ✎☞⌖
Melhores dias virão
Memórias mal-assombradas de um fantasma canhoto
Menino e o mar, O ✎
Miguel e o sexto ano ✎
Miopia e outros contos insólitos
Mistério mora ao lado, O ▼✪
Mochila, A
Motorista que contava assustadoras histórias de amor, O ▼●▤⌖
Na mesma sintonia ⌖■
Na trilha do mamute ■✎☞⌖
Não se esqueçam da rosa ♠⌖
Nos passos da dança
Oh, Coração!
Passado nas mãos de Sandra, O ▼◎⌖○
Perseguição
Porta a porta ■▤❑◎✎⌘⌖
Porta do meu coração, A ◆⚐
Primeiro amor
Quero ser belo ☑
Redes solidárias ◎▲❑✎⚐⌖
Reportagem mortal
romeu@julieta.com.br ❑▤⌘⌖
Rua 46 †❑◎⌘⌖
Sabor de vitória ▤⌖○
Sambas dos corações partidos, Os
Savanas
Segredo de Estado ■☛
Sete casos do detetive Xulé ■
Só entre nós – Abelardo e Heloísa ▤■
Só não venha de calça branca
Sofia e outros contos ☺
Sol é testemunha, O
Sorveteria, A
Surpresas da vida
Táli ☺
Tanto faz
Tenemit, a flor de lótus
Tigre na caverna, O
Triângulo de fogo
Última flor de abril, A
Um anarquista no sótão
Um dia de matar! ●
Um e-mail em vermelho
Um sopro de esperança
Um trem para outro (?) mundo ✖
Uma trama perfeita
U'Yara, rainha amazona
Vampíria
Vida no escuro, A
Viva a poesia viva ●❑◎✎🕮⌖○
Viver melhor ❑◎⌖
Vô, cadê você?
Zero a zero

★ Prêmio Altamente Recomendável da FNLIJ
☆ Prêmio Jabuti
✻ Prêmio "João-de-Barro" (MG)
▲ Prêmio Adolfo Aizen - UBE
✍ Premiado na Bienal Nestlé de Literatura Brasileira
☛ Premiado na França e na Espanha
☺ Finalista do Prêmio Jabuti
♁ Recomendado pela FNLIJ
✖ Fundo Municipal de Educação - Petrópolis/RJ
✪ Fundação Luís Eduardo Magalhães
● CONAE-SP
⌖ Salão Capixaba-ES
▼ Secretaria Municipal de Educação (RJ)
■ Departamento de Bibliotecas Infantojuvenis da Secretaria Municipal da Cultura/SP
◆ Programa Uma Biblioteca em cada Município
❑ Programa Cantinho de Leitura (GO)
♠ Secretaria de Educação de MG/EJA - Ensino Fundamental
☞ Acervo Básico da FNLIJ
✈ Selecionado pela FNLIJ para a Feira de Bolonha
✎ Programa Nacional do Livro Didático
🕮 Programa Bibliotecas Escolares (MG)
✍ Programa Nacional de Salas de Leitura
▤ Programa Cantinho de Leitura (MG)
◎ Programa de Bibliotecas das Escolas Estaduais (GO)
† Programa Biblioteca do Ensino Médio (PR)
⌘ Secretaria Municipal de Educação/SP
☒ Programa "Fome de Saber", da Faap (SP)
⚐ Secretaria de Educação e Cultura da Bahia
○ Secretaria de Educação e Cultura de Vitória